Le paradis d'en bas

Audren

Le paradis d'en bas

Neuf
l'école des loisirs
11, rue de Sèvres, Paris 6ᵉ

Du même auteur à *l'école des loisirs*

Collection MÉDIUM

L'autre
La question des Mughdis

ISBN : 978-2-211-08466-6
© 2006, l'école des loisirs, Paris
Loi n° 49.956 du 16 juillet 1949 sur les publications
destinées à la jeunesse : septembre 2006
Dépôt légal : décembre 2007
Imprimé en France par Hérissey à Évreux
N° d'impression : 106752

À tous les hérissons

1

– C'est la vie! conclut mon père en sortant du cimetière.

En fait, c'était la mort.

On dit toujours « C'est la vie » quand on n'y peut rien. Des épidémies et des catastrophes naturelles dévastent des pays entiers : C'est la vie !

Des hérissons sont écrasés tous les jours sur les routes nationales : C'est la vie !

Des clochards sont retrouvés morts de froid dans les rues des capitales : C'est la vie !

Jeannette, ma grand-tante, venait d'être enterrée : C'était la vie !

J'espérais tout de même que la vie pouvait aussi être autre chose que la mort.

Mon père s'était blindé. Il supportait son sixième enterrement de l'année. 2005 avait été une hécatombe chez les Clermont qui, d'évidence, organi-

saient une réunion de famille au Ciel. À force
d'enterrer ses proches, papa n'avait même plus de
larmes dans les yeux.

Je serrai sa main sèche et raide comme du vieux
bois. Nos pas craquaient sur les bogues de marrons
et les feuilles rousses qui jonchaient le sol. L'air un
peu triste, maman me caressa machinalement le dos
avant d'installer, tout aussi machinalement, le siège
bébé de ma sœur Justine, à mes côtés. La voiture
démarra. Papa mit un CD à tue-tête. Justine
n'appréciait pas d'autre chanson que *Mon chien à
moi, il fait Ouah! Ouah!* Elle hurla de mécontente-
ment et vomit tout son lait sur elle tant elle pleurait
fort. Maman, sortie en catastrophe pour passer à
l'arrière nettoyer ma sœur, coinça ses longs cheveux
en refermant la portière. Mon père se pencha vers
la droite pour libérer les mèches prisonnières et se
recroquevilla subitement sur lui-même en geignant:

– Oh la vache! Ma sciatique!

Le lait, les cheveux, les vertèbres: tout allait tel-
lement de travers! Je ne parvins pas à retenir un fou
rire. Ma gaieté mit fin aux pleurs de ma sœur. Malgré cette victoire, maman me réprimanda, m'assu-
rant qu'il n'y avait rien de drôle, mais je ne pouvais
plus m'arrêter. Je riais aux éclats, je me tapais les

cuisses, j'avais mal aux mâchoires et aux abdominaux. Mon père fut rapidement contaminé. Pour ne pas froisser maman, il se retenait depuis quelques minutes mais j'apercevais dans le rétroviseur son rictus embarrassé et ses pommettes de plus en plus hautes. Soudain, son corps entier se mit à pouffer. Ses épaules se soulevaient au rythme de ses «Ah! Ah! Ah!». Il ouvrait grand la bouche pour laisser s'échapper un rire gras venu de je ne sais où. Mon père, d'habitude, avait plutôt le rire maigre.

Il s'esclaffait si fort qu'il en grilla un feu rouge. Un policier roux et moustachu nous fit signe de nous parquer. Les pommettes de papa s'effondrèrent immédiatement comme des gâteaux pas assez cuits que l'on vient de sortir du four... Une amende, des points en moins sur son permis... Tout arrivait parce qu'il avait trop ri. Était-ce pour autant regrettable? On ne peut jamais regretter d'avoir trop ri. Maman tenta tout de même d'amadouer le policier grincheux:

— Monsieur l'agent, nous sommes tout chamboulés, nous sortons d'un enterrement.

Le flic plissa des yeux compatissants et inspira très fort. Les enterrements sont de bonnes excuses à tout. Maman n'avait pas eu grand-chose à faire pour convaincre le policier. Il allait donc annuler sa contravention. Malencontreusement, papa se remit à glousser bêtement, nerveusement. La main devant sa bouche, prétendant qu'il toussait, il ne dupa pourtant pas le rouquin.

— Vous vous moquez de moi ? Vous ne savez pas qu'il vaut mieux ne pas se foutre de la police ?

Maman poursuivit ses explications funéraires :

— Mon mari craque ! Il est nerveux ! C'était une cérémonie très éprouvante, vous savez !

Papa ne parvenait pas à cacher son hilarité. Le front plissé, l'air sévère et sérieux, claquant des talons et se mordant la lèvre inférieure, l'agent fit le tour de la voiture, à la recherche du moindre défaut sur le véhicule. Mon père reçut finalement une amende supplémentaire pour mauvais entretien de la plaque d'immatriculation. Il pleurait de rire. Ses larmes étaient enfin revenues mais pour une drôle de raison. Une raison drôle, en fait. Plus on le verbalisait, plus il se tordait, tétanisé par les spasmes.

— Filez avant que je m'énerve vraiment ! conseilla le grand roux.

Maman attendit le feu rouge suivant pour matraquer mon père avec des mots méchants et inutiles.

— Tu es débile ou quoi ? Tu aurais tout de même pu te maîtriser un peu ! Il y a des jours où je me demande comment j'ai fait pour épouser un gamin comme toi. Quand est-ce que tu vas grandir, Anselme ?

Papa caressa la joue de maman. Il continuait à sourire, l'air niais et heureux. Il répondit juste :

— La vie est belle, Natacha, la vie est belle !

Maman, décontenancée, troublée, haussa ses petites épaules.

— C'est mon rêve le plus cher et je croise les doigts pour qu'il se réalise !

Jusqu'à la maison, ma mère, très préoccupée par le code de la route, oublia son index et son majeur qui restèrent entrelacés comme deux amoureux.

2

Nous habitions Paris, un trois-pièces exigu au onzième étage d'une tour. D'habitude, maman pestait dès que nous mettions les pieds dans l'ascenseur. Elle détestait ce gratte-ciel beige, impersonnel et décrépi, les tags dans le hall en faux marbre, les plantes artificielles dans les jardinières remplies de billes d'argile brunes, l'odeur d'ail dans les couloirs, l'air renfrogné du concierge alcoolique et les néons blafards qui nous donnaient l'air malade même lorsque nous rentrions de vacances.

– Ça pue ! C'est moche ! répétait-elle.

Cependant, notre arrivée aujourd'hui modifia totalement son comportement. Elle venait de relever le courrier dans la boîte et avait fourré nerveusement les factures dans son petit sac en daim, sans même les ouvrir, car une lettre, ornée d'un joli timbre étranger rose et vert, sur lequel était dessiné un kangourou, attira spécialement son attention. Elle se hâta de déchiqueter le haut de l'enveloppe, parcourut rapidement la lettre, puis, abasourdie, laissa son dos glisser sur la paroi de l'ascenseur jusqu'à ce que ses fesses touchent le sol. Papa s'impatientait :

— Alors, qui est-ce ?

Ma mère relisait le papier comme une jeune écolière, en suivant chaque mot du bout du doigt pour être certaine d'avoir tout bien compris.

Elle se frotta les joues vigoureusement, se remit debout. Les portes de l'ascenseur se rouvrirent sans qu'elle ait dit : «Ça pue, c'est moche.» Papa poursuivait sa rengaine :

— De quoi s'agit-il, Natacha ? D'un amoureux secret ? Dis-nous ! Tu nous fais mariner !

Maman se précipita chez nous et s'assura que nous avions bien refermé la porte. Elle craignait que ses mots ne s'échappent sur le palier. Elle annonça alors fièrement, agitant son enveloppe :

— Je viens, semble-t-il, d'hériter d'une maison à Barbizon et d'une grosse somme d'argent. L'auteur de cette lettre est un notaire australien que je dois mettre en contact avec notre notaire. Un Australien! C'est invraisemblable! Moi qui ne suis jamais allée plus loin que Guernesey!

Papa s'empressa à son tour de relire la lettre en suivant les lignes du bout du doigt et confirma les dires de sa femme.

Ma mère n'avait jamais connu l'existence de son vague cousin, Lois Famesworth, mais elle en apprenait la mort avec joie.

C'était la vie encore une fois.

Notre famille s'installa rapidement à Barbizon, un beau village de peintres, à l'orée de la forêt de Fontainebleau, dont les nombreuses galeries d'art, dans la rue principale, attiraient une foule de touristes chaque week-end. Ici, on vivait un peu en dehors du temps. Rien n'avait encore pris l'allure de notre siècle. Le village sentait une autre époque, une autre façon de vivre que celle que j'avais connue à Paris. On prenait son temps, on discutait avec ses voisins. On consommait les produits frais de la petite épicerie sur l'étal de laquelle un demi-potiron, une dizaine de courgettes et quelques jolies pommes de terre attendaient un acheteur. Mes parents étaient enchantés, Justine commençait à marcher, je découvrais avec bonheur ma nouvelle école et mes nouveaux amis.

Maman cependant nous mettait en garde :

– L'argent ne fait pas le bonheur, ne l'oubliez jamais !

Je ne pouvais pas l'oublier. Mon argent de poche n'avait, malgré la situation, pas augmenté d'un centime. Avec mon euro chaque semaine et la radinerie de ma mère, je restais pauvre mais heureux.

Tout ce que nous souhaitions se réalisait étrangement dans la journée. Une fée accompagnait désormais nos vies. Une fée ou un drôle de hasard.

Le directeur de papa était un architecte archiodieux, archi-autoritaire. En plus, il mangeait ses crottes de nez. Je l'avais espionné un jour, à l'agence. Mon père, simple dessinateur, exaspéré par son patron, fit un matin le vœu de changer de travail. Le soir même, un ancien élève de l'école Boule, où il avait fait ses études, lui proposait un poste de décorateur à deux pas de Barbizon.

Quant à maman, qui rêvait de tomber un jour sur son amie d'enfance, Fanny Salbonet, elle la retrouva, placée en face d'elle, à un repas de mariage.

Sous prétexte que j'étais nouveau à l'école, mes amis redoublaient d'attentions à mon égard. J'étais ravi mais sur mes gardes. Jamais je n'avais encore pu constater un tel étalage de gentillesse dans une classe. Cela me semblait suspect.

Pourtant, il fallait bien s'y faire, maman avait rêvé que la vie était belle, et, depuis, la vie était belle, complètement belle, bien plus belle qu'avant.

Dans la même semaine, en grattant une carte offerte dans un paquet de biscuits, je gagnais une entrée au Futuroscope, puis je devenais premier de ma classe avec une série invraisemblable de 20, je découvrais les joies de l'équitation en forêt, et la boulangère du village m'offrait, sans raison, une religieuse au chocolat pour le goûter. Dans la même semaine également, je rencontrai Tim Pouliquen, qui allait devenir mon meilleur ami. Je n'avais, jusqu'ici, jamais eu de meilleur ami. Tim et moi ne nous quittions plus. Après l'école, je le raccompagnais chez lui, puis il me raccompagnait chez moi, puis je le raccompagnais chez lui à nouveau… et ainsi de suite jusqu'à ce que le soir tombe et que nos mères s'impatientent. Nous étions voisins. Tim habitait la belle maison recouverte de vigne vierge rouge, au bout de la rue. Lui aussi, depuis peu, avait quitté Paris pour Barbizon. Curieusement, sa mère avait, comme la mienne, reçu sa maison en héritage. Tim ne trouvait pas cela étrange. Avec le nombre de personnes qui mouraient chaque jour, les héritages ne pouvaient être, selon lui, que nombreux et communs.

Pourtant, le jour où Manon Janvier, une fille de l'école, nous apprit qu'elle était venue s'installer récemment à Barbizon, suite à la donation d'un cousin inconnu, mon sang se glaça d'effroi.

3

Mes parents ne s'étonnèrent de rien. Selon eux, la vie était un arbre à coïncidences. Elles poussaient sur les branches fragiles de notre destinée. Mon père se gargarisait ainsi trop souvent avec des phrases incompréhensibles. Un jour «une rivière agitée», le lendemain «un tas de fumier dans lequel se cache un diamant», le jour d'après «un feu d'artifice sous la pluie», la vie, selon papa, s'expliquait en quelques mots simples qui, mis bout à bout, ne signifiaient plus grand-chose. Il appelait cela des métaphores. J'avais compris des «méga-forts».

— Mé-ta-pho-res! s'énerva papa. Écoute ce que je te dis! Mé-ta-pho-res!

C'est alors que Justine, du bout du tapis dont elle était en train d'arracher les franges avec application, s'exclama de sa petite voix de canard:

— Mé-ta-pho-re!

Le soir même, toute ma famille, mes grands-parents Palou et Malou, mon papy Paul, ma mamie Céline, mes oncles, mes tantes et même l'amie Fanny Salbonet furent tenus au courant de l'incroyable prouesse de Justine, dont le premier mot avait été « métaphore ».

On me félicita, bien sûr, pour l'excellente rédaction que je venais d'écrire en classe. Mes parents se fatiguaient toujours à rester équitables, en toutes circonstances. Maman n'embrassait jamais Justine sans me donner aussi un baiser ; on ne congratulait jamais l'un sans encenser l'autre. J'avais compris ce petit manège depuis longtemps et savais que certains compliments servaient uniquement de contrepoids sur la balance d'amour de mes parents. L'exploit de ma sœur m'avait poussé à comprendre le sens du mot métaphore. Je comptais bien en utiliser quelques-unes pour épater mon père et recevoir, cette fois, des encouragements bien mérités car, même si j'étais totalement heureux, je ne parvenais pas à effacer une minuscule jalousie à l'égard de Justine. Elle monopolisait si facilement l'attention des adultes avec ses babillages.

J'avais bien mieux à faire que de m'émerveiller, moi aussi, sur la performance de ma sœur. Je continuais à me poser des questions sur les obscurs héritages qui avaient conduit trois familles à déménager à Barbizon.

Mes interrogations et mes frissons s'amplifièrent de nouveau lorsque je découvris que Holly Bargery, récemment installée dans la rue principale, avait, elle aussi, changé de vie après que ses parents avaient reçu, je vous le donne en mille… un héritage d'un cousin australien. Le père de Holly était maltais, sa mère française.

Je convainquis Tim, Manon et Holly de se joindre à moi pour mener une enquête sérieuse dans le village.

Mes parents sourirent, l'air moqueur, quand je leur appris que j'avais créé le CHD (Club des héritiers détectives). Les Bargery ne les préoccupaient pas plus que les Janvier ni que les Pouliquen. Maman me démontra que Barbizon était un village luxueux et que, pour s'y installer, le magot d'un lointain cousin s'avérait souvent nécessaire. Ma mère croyait encore aux coïncidences comme les enfants croient au Père Noël. Le CHD devait lui prouver qu'elle se trompait! Quatre esprits pour soulever ce mystère seraient très efficaces! L'union du Club ferait la force!

Maman me dit que, pour l'instant, l'union faisait surtout la farce.

Agacé, je grommelai :

– Pour l'instant…

4

Manon Janvier, grande fille timide, rougissait au moindre bonjour. De longs cils tout noirs faisaient ressortir ses grands yeux mauves. On l'appelait Blanche-Neige parce qu'elle avait le teint diaphane et sept frères à qui il ne manquait qu'une pioche et une grosse barbe blanche.

– Comment peut-on faire huit enfants? C'est terrible! Ce n'est plus une famille, c'est une colonie! s'étonnait maman tous les jours.

Un soir, mon père sourit à ma mère l'air narquois:

– Tu dis ça parce que tu es jalouse! peut-être devrions nous agrandir la famille? Ça me dirait bien, une grande famille…

– C'est normal, Anselme! Tout est simple pour toi: tu ne laves pas le linge, tu ne prépares pas les cartables, tu n'aides pas pour les devoirs, tu ne donnes pas le sein, tu ne donnes pas le bain, tu...

– Je donne la main! Je suis le roi des *fajitas,* je fais bien la cuisine, je sais faire du roller, je répare tout ce qui doit être réparé, je sais changer les couches des bébés et mettre le lave-vaisselle en route... et, soit dit entre nous, tu ne laves plus très souvent le linge depuis que ton cousin Famesworth nous a permis d'employer une femme de ménage!

Le cousin australien! Voilà qui devait être une piste! Je laissai mes parents à leur projet bancal de famille nombreuse et filai chez les Pouliquen.

– Bonsoir, madame. Est-ce que Tim est là?

– Il vient de se mettre au lit. Et toi, tu n'es pas encore couché à 9 heures?

Je m'observai de la tête aux pieds:

– Apparemment non! J'ai une question urgente à poser à Tim.

– Je me demande ce qui peut être urgent à votre âge! Enfin! Monte dans sa chambre si tu veux... mais pas plus de cinq minutes!

La mère de Tim faisait partie des *méprisenfants.* C'était le nom que j'avais donné aux adultes qui me prenaient pour une demi-portion, un quart de cerveau, un huitième d'émotion et de sentiments. Ces *méprisenfants*-là n'accordaient aucune valeur à ce qu'exprimaient les plus jeunes. Même la vérité, celle qui, d'après le proverbe, sort de la bouche des enfants, même cette vérité-là, était une réalité en toc qui les faisait à peine sourire en s'exclamant, l'air hypocrite : « Qu'il est mignon ! »

Je n'aimais pas que l'on me sous-estime et je mis tout en œuvre pour que Mme Pouliquen reconnaisse au moins que j'étais un garçon poli et sympathique. Mais elle ne remarqua ni mon sourire de premier de la classe ni ma grande discrétion dans l'escalier ciré dont je gravis les marches trois par trois, m'agrippant d'une main moite à la rampe tarabiscotée. J'essayai d'être léger et parfait mais elle me suivit en faisant grincer le bois sous son pas autoritaire et, s'égosillant sur le premier palier, avertit son fils de ma présence. Puis elle fit demi-tour avec tout autant de grâce, de craquements et de crissements tandis que, dans le couloir tapissé de grosses fleurs moches, je poursuivais, sans plus aucun effort, mon chemin vers la chambre de mon ami.

Tim était en train de lire une BD dans la pénombre. Il éclairait son album avec une minuscule lampe de poche, un cadeau des céréales Crispy-Max.

– T'as pas le droit de lire le soir ?

– Pas après neuf heures… Heureusement, j'ai mes ruses!

– Alors ta vie à toi n'est pas devenue paradisiaque?

– Si, si! Dans notre ancien appartement, je n'avais même pas ma propre chambre. Je dormais dans le salon, sur un canapé convertible!

La *méprisenfants* ne m'avait accordé que cinq minutes. Je me dépêchai de poser ma question:

– Comment s'appelle l'oncle dont vous avez hérité?

– Sir Thomas Wolfe.

Je soupirai tristement. Notre cousin inconnu, bien qu'également anglo-saxon, n'était malheureusement pas le même. Notre enquête n'évoluerait pas ce soir.

Tim s'éclaira le visage par-dessous avec sa loupiote, fit une grimace horrible et poussa un cri d'horreur:

– AHHHH! Sir Thomas Wolfe, comme son nom l'indique, était une sorte de loup-garou. Son âme rôde dans les parages! J'espère que tu ne le croiseras pas sur ton chemin de retour. Il fait déjà si sombre! Oooooooooh! Je finis par m'épouvanter moi-même!

La mère de Tim me renvoya rapidement à la maison. Elle n'avait pas apprécié le cri de son fils. Moi non plus. Tim ne prenait pas notre affaire au sérieux. En cela, il était le digne fils d'une *méprisenfants*. Je me sentais délaissé. La nuit m'effraya plus qu'à l'accoutumée. Comme les citrouilles de Halloween qui décoraient le village, une maison abandonnée au milieu de la rue Théodore-Rousseau me sembla un instant éclairée de l'intérieur par une faible bougie. Pourtant personne n'habitait là. Des herbes folles et drues avaient envahi le jardin et le chemin d'accès. De la mousse recouvrait l'auvent du portail en bois dont la peinture blanche s'écaillait. Derrière deux immenses conifères, j'aperçus cette lueur vacillante au premier étage. Peut-être s'agissait-il du reflet de la lune ? Je cherchai la lune, en vain. Alors, je frémis à l'idée de sentir une main sur mon épaule. J'avais peur d'être surpris par le fantôme de sir Thomas Wolfe. Je n'avais jamais cru aux revenants, mais, pour éviter d'être trop seul dans ma tête, je m'inventais des histoires.

5

Le lendemain, par précaution et pour étoffer mon carnet de détective, j'interrogeai Holly et son amie. Elles ne se souvenaient plus des noms exacts de leurs cousins mais ni Famesworth ni Wolfe ne leur rappelaient quoi que ce soit.

Notre première réunion officielle du CHD se tint chez Manon en fin d'après midi. Il fut difficile de trouver un endroit tranquille dans la maison des sept nains. Âgés de deux à quinze ans, ils occupaient chaque centimètre carré de la jolie demeure. Les plus jeunes se couraient après comme des écureuils, d'autres, avachis sur les canapés, écoutaient du rap en faisant leurs devoirs, tandis que des pétarades de mitraillettes et des sirènes de police s'échappaient d'une console de jeu dans la chambre des jumeaux.

Blanche-Neige avait une toute petite chambre, pas plus longue que son lit. Au plafond, deux grands hamacs en filet lui servaient de rangement. Elle pouvait les faire descendre en actionnant des cordes multicolores reliées à des poulies. Comme la place manquait, il nous fallut nous installer sur son lit. Cela m'évoqua les dimanches à la maison où Justine et moi paressions sur celui de mes parents.

Je pris la parole en sortant mon cahier à spirale dont j'avais décoré la couverture de trois initiales dorées imbriquées l'une dans l'autre, comme le sigle très sérieux d'une société de prestige : CHD.

Les autres s'émerveillèrent un long moment sur la beauté de mon œuvre. Comme nous nous égarions, je me mis à bêler. Sous le regard inquiet et surpris de mes amis, je poursuivis :

– Revenons à nos moutons ! Nous devons comprendre pourquoi nous sommes tous arrivés à Barbizon à la suite d'un héritage. Qui peut nous apporter des compléments d'information ?

L'air hébété, la bouche entrouverte, les filles se regardèrent en bêlant à leur tour et en secouant la tête de droite à gauche.

– Bêeh ! Non ! Rien de spécial.

J'écrivis sur la première page de mon carnet customisé :

*Informations provenant des filles le 22 octobre 2005 :
rien de spécial.* Après avoir interrogé Tim, j'ajoutai :
*Informations provenant de Tim : héritage reçu en sep-
tembre 2005.*

Les filles réalisèrent alors qu'elles aussi détenaient,
en fait, de précieux éclaircissements puisqu'elles se
souvenaient, évidemment, du mois de leurs démé-
nagements !

Je consignai alors deux autres dates dans mon
dossier :

*Héritage Holly : septembre 2005
Héritage Manon : septembre 2005.*

Je mordillais le capuchon de mon stylo, en quête
d'autres questions intéressantes. Compliqué de
s'improviser détective. Par où commencer ? Tim me
fit remarquer que j'avais oublié de noter les renseignements me concernant. Je calligraphiai : *Héritage
Léopold : septembre 2005.*

Manon et Holly se mirent à rire derrière leurs
mains, l'air moqueur.

– Hi ! Hi ! Hi ! Tu tires la langue quand tu
t'appliques !

Tim ne prit pas ma défense. Bien au contraire, il
m'imita avec une inhabituelle cruauté.

Je pris peur, soudain, que la vie redevienne normale, saupoudrée de ses méchancetés, de ses injustices, de ses mauvais coups du destin.

Alors, les yeux fermés, je suppliai la fée qui nous avait tant aidés de ne pas laisser mes copains devenir plus venimeux. Je voulais que la vie soit toujours belle.

— Hé! Tu roupilles? Que fait-on maintenant? interrogea Tim.

— J'attendais que vous proposiez un plan d'action…

Un long silence embarrassant s'installa sur le lit de Blanche-Neige. À court d'idées, elle suggéra tout de même que l'on décrive respectivement nos familles.

Tim raconta que sa mère avait rencontré son père devant le bassin des otaries du zoo de Vincennes. Il précisa aussi qu'il était fils unique car ses parents se trouvaient trop vieux pour mettre au monde un deuxième enfant.

— Quel âge ont-ils?

— Ma mère a quarante-cinq ans. Mon père est un peu plus jeune. Il est né en 1966. Il n'a jamais connu ses parents. Il est orphelin de naissance.

— Mon père aussi était orphelin! s'exclama Holly,

tout heureuse que l'idée de sa copine aboutisse à des révélations communes.

— Pourquoi est-ce que tu dis qu'il était orphelin ? Il ne l'est plus ? demanda Tim.

— Quand t'es grand, t'es plus orphelin. T'as juste plus de parents. En plus mon père n'est resté que deux ans à l'orphelinat. Ensuite il a été adopté.

— Ma mère aussi est née sous X… ajouta timidement Manon.

— Qu'est-ce que ça veut dire ? questionna à nouveau Tim.

— La mère de ma mère l'a abandonnée le jour où elle est née. X, c'est le nom de ceux qui n'ont pas de nom.

— Et comment s'appelait ta mère avant de se marier ? Mlle X ?

— Ma mère avait le nom de sa famille adoptive.

— Alors, si personne ne t'adopte, tu n'as jamais de nom ! Ça doit être terrible d'être innommable !

Mon cœur battait la chamade depuis quelques secondes. Cette cascade de coïncidences allait probablement s'avérer utile et importante pour nos recherches, car ma mère non plus n'avait pas connu ses parents. Nos visages à tous, étonnés et ravis, s'éclairèrent de la même lueur d'espoir. Nous avions désormais deux points communs. Notre association se justifiait de plus en plus, à mesure que nous ajoutions des pièces au puzzle. Nous nous sentions portés par une solidarité nouvelle. Une partie de nous manquait de racines. Comme des fleurs coupées, cette partie de nous pouvait faner plus vite. Cette absence de grands-parents maternels ou paternels nous liait presque comme les membres d'une même famille. Le nom de notre club se transforma par la force des choses et devint : le clan des Sous X, que je proposai d'écrire les Sousix.

Je regrettai déjà l'élégante couverture de mon cahier de détective que j'étais condamné à refaire.

Holly suggéra que je ne modifie rien. Personne ne devait et personne ne pourrait connaître l'existence des Sousix si nous conservions les initiales CHD comme couverture. Une couverture d'agent secret sur la couverture du cahier secret ! Une couverture sur la couverture !

— Avec ça, on ne risque pas de prendre froid ! fit remarquer Tim en réajustant la monture bleue de ses lunettes.

Holly ne saisit pas la blague. Elle ne comprenait pas toujours parfaitement notre langue et peinait à s'accoutumer à l'humour de Tim. Elle souriait à peine avec l'air flottant, déconnecté et mal à l'aise de la Joconde, dont elle avait aussi les rondeurs.

Vers dix-huit heures, la mère de Manon nous conseilla poliment de rentrer chez nous. Elle était loin d'être une *méprisenfants*, mais ses sept garçons lui avaient abîmé la patience et la tendresse. Comme tous les jours, Tim me raccompagna, puis je le raccompagnai à mon tour et ainsi de suite. Je signalai à Tim les lueurs aperçues l'autre soir dans la maison abandonnée. J'espérais l'effrayer un peu mais Tim était un baroudeur et un grand curieux. Il resta quelques minutes devant la maison en pierre et me proposa d'escalader la barrière blanche pour en savoir plus. Je refusai.

— On n'entre pas chez les gens sans sonner! dis-je pour excuser ma réticence.

— Mais la maison est inoccupée!

— Je ne pense pas. Les volets du rez-de-chaussée étaient fermés l'autre jour... mais ils ne le sont plus.

— Peut-être que la maison est à vendre et que quelqu'un l'a fait visiter?

— Ça n'explique pas la lueur.

— Il doit y avoir un squatter.

Je ne savais pas ce qu'était un squatter. J'imaginai, sur le coup, un petit animal semblable à un loir ou à un hamster. Je ne voulais pas paraître inculte et répondis stupidement :

— Et tu crois qu'il pourrait allumer une bougie avec ses petites pattes ?

Tim fronça les sourcils :

— Ses petites pattes ?

Je me sentis ridicule et, pour changer de sujet, proposai à Tim de faire la course jusqu'à sa porte.

Cette nouvelle vie et ces nouvelles habitudes me remplissaient d'un bonheur intense mais forcément passager. D'après mes expériences, une vie normale était jonchée d'enterrements, de tsunamis et de hérissons écrasés sur le bord des nationales.

Je préférais toujours prévoir le pire et n'être jamais déçu.

6

Lorsque je rentrai ce soir-là, je trouvai, à nouveau,
mes parents en complète effervescence : Justine avait
fait pipi dans son pot ! Jusqu'ici, le pot de Justine
décorait simplement notre salon en attendant le
grand jour. Mes parents s'appliquaient à mettre ce
qu'ils pouvaient à notre disposition pour faciliter
notre créativité et notre indépendance. En dehors
du pot, il y avait aussi un piano, une planche à des-
sin, un tour de potier à piles, un tambourin, de la
pâte à modeler et un appareil photo pour enfants.
Aujourd'hui, Justine s'était encore exprimée comme
une grande. Après la surprise du mot métaphore,
elle avait fait le plus beau des pipis, dont on la félicita exagérément. Je me moquai de ces excès de
reconnaissance, mais maman s'empressa de me pré-
ciser que Justine venait de lui faire un cadeau.

— Tu parles d'un cadeau ! dis-je en riant.

– Je sais que c'est un peu difficile à comprendre mais c'est de la psychologie, mon chéri! Nous t'avons élevé de la même façon et nous ne sommes pas déçus du résultat!

Immanquablement, par souci de symétrie d'attention, mon père me félicita pour la couverture de mon carnet de détective.

– Quelles jolies lettres! Que signifient-elles?

– C'est le cahier du Club des héritiers détectives!

– Ah! Très bien! Très bien!

Je détestais les «Très bien! Très bien!» de mon père. Je préférais ses silences et ses regards curieux et tendres des bons jours à ses «Très bien», synonymes de «Très rien». Il aurait pu se transformer, lui aussi, en *méprisenfants* mais jusqu'ici il avait toujours su se faire pardonner ses moments de désintérêt.

Je m'enfermai dans ma chambre pour relire mes notes. La sonnerie du téléphone retentit.

– Léopold! Une jeune fille pour toi au téléphone!... Eh bien! Ça commence de plus en plus tôt, les amourettes! confia mon père à ma mère, en aparté.

Mes parents m'imaginaient des aventures amoureuses avec toutes les filles de mon âge. Il s'agissait pour eux d'un divertissement, d'une sorte de déguisement que j'aurais enfilé, de quelque chose de faux, d'impossible, comme un amusement sans danger. Par contre, dès que l'on abordait les amours d'adultes, les histoires de couples, les divorces, ils ne riaient plus. Je ne saisissais pas où se situait la frontière. À quel âge avait-on le droit de prétendre à l'amour qui ne fait pas rigoler?

Aujourd'hui, mon père avait mal imaginé. Je n'éprouvais qu'une grande amitié pour Holly, qui patientait à l'autre bout du fil:

– C'est à propos de *tu sais quoi*. J'ai une info supplémentaire: mon père est né à Lyon. Ce serait bien de savoir où sont nés les autres *tu sais qui*.

– Il n'est donc pas vraiment maltais! C'est dingue! Ma mère aussi est née à Lyon! On tient le bon bout, Holly! J'appelle tout de suite les autres *tu sais qui*.

La mère de Manon était née à Villefranche-sur-Saône, le père de Tim à Mâcon. Nos parents avaient tous vu le jour dans la même région que je situai pour la première fois sur une carte de France: le Beaujolais!

Pourtant je connaissais déjà le beaujolais nouveau dont les publicités et les bouteilles venaient d'envahir, comme chaque année, les tables, les boutiques et les conversations des adultes. Cet engouement annuel pour du simple jus de raisin fermenté me laissait perplexe. Le vin nouveau, comme la pluie et le beau temps, permettait sans doute de communiquer sur un terrain neutre, sans trop donner de soi. «Cette année le millésime n'a pas le goût habituel de bonbon acidulé, il est plus gras que l'an passé avec une saveur très prononcée de petits fruits rouges et noirs.» Voilà ce que répétait l'épicier à tous ses clients, depuis quelques jours. Et tous ses clients ressortaient ravis de sa boutique, l'inévitable bouteille sous le bras. Allais-je me plier à ces rituels d'automne lorsque j'aurais grandi? J'étais pour la galette de janvier, les crêpes de février et le muguet de mai qui sentait si bon, toutefois novembre avec ses chrysanthèmes et son beaujolais ne m'enthousiasmait guère. Pour les Sousix, la semaine fut pourtant doublement beaujolaise. Du coup, je m'intéressai aux étiquettes des bouteilles, comme s'il s'agissait du blason de mes ancêtres.

Je ne pus me retenir de rapporter nos nouvelles coïncidences à la maison. Papa répondit: «Très bien, très bien!» tandis que maman se réjouissait que j'aie pu «m'intégrer si vite à un groupe d'amis sympathiques». L'indifférence de mes parents m'exaspérait.

J'aurais pu leur raconter n'importe quoi ce soir, ils ne m'écoutaient pas.

— Mais vous êtes des toiles cirées!

— Des quoi?

— C'est une mé-ta-pho-re, papa! Vous êtes imperméables à tout ce que je dis. Réveillez-vous! Quatre héritiers d'un cousin inconnu, quatre orphelins nés dans le Beaujolais! Vous ne trouvez pas ça bizarre?

— Si, si mon chéri, c'est étrange. Mais le hasard est un grand farceur et, en plus, il est l'heure que tu te couches!

Je grognai et m'enfermai bruyamment dans ma chambre. La réaction de ma famille m'éloignait du paradis dans lequel je croyais vivre depuis peu. Meurtri, incompris et délaissé par ceux qui, d'habitude, me soutenaient en toute occasion, je consignai en pestant mes dernières informations dans mon carnet.

— Ils verront bien qui avait raison! Ils m'énervent avec leur hasard à la noix!

Pour trouver le sommeil, je relus plusieurs fois mes notes et surlignai au Stabilo vert fluo les mots importants. Au bout d'un quart d'heure, les trois premières pages de mon carnet furent recouvertes de traits verts. Le seul mot que je n'avais pas verdi était «papa». En effet, ce soir, je préférai croire qu'il n'était pas important.

Il était juste énervant.

7

Le samedi matin, les Sousix se donnèrent rendez-vous à l'orée de la forêt, à l'angle du chemin du Bornage et de l'allée aux Vaches, là où tous les Parisiens se garent pour la cueillette des champignons, là où de mystérieuses allées escarpées et sablonneuses surgissent après s'être faufilées entre des fougères, des clairières lumineuses, de vieux arbres foudroyés et d'élégants chênes vigoureux, encore dorés.

Livia, la baby-sitter de la famille de Manon, nous surveillait de loin, tandis que les sept nains se défoulaient en shootant dans les feuilles mortes et en escaladant les énormes rochers. La pauvre Livia, débordée par tant d'agitation et ce trop-plein d'enfants à garder, nous fit promettre de ne pas dépasser la limite de la plaque de bronze représentant les peintres Jean-François Millet et Théodore Rousseau et encastrée dans un bloc de rochers, à deux cent mètres de la route. Face aux visages sculptés des deux célébrités de Barbizon, nous prîmes donc place sur une immense pierre plate. Très vite, nos fesses glacées par le granit nous incitèrent à poursuivre notre réunion en marchant.

Il faisait assez froid mais le soleil blond du matin, s'immisçant entre les branches nues des plus grands arbres, tachetait l'humus et le tapis de feuilles jaunes, comme un léopard. Je ne connaissais pas de plus bel endroit que cette forêt : la lumière enchantée, le parfum de sève de pin, le mauve des bruyères, le vert des mousses tendres et les rochers imposants que seul un géant avait pu transporter ici pour le plaisir des enfants. Barbizon était vraiment un lieu magique et paisible, un petit coin du monde préservé des mochetés contemporaines dont la télévision nous parlait chaque soir : pollution, cités dortoirs, trou d'ozone, OGM et Star Academy. Les Sousix avaient également ce point commun : un mépris prononcé pour les émissions du genre. À l'école, nous étions si peu nombreux dans ce cas qu'il paraissait, encore une fois, étrange qu'une tout autre raison nous ait mis en relation. À l'évidence, nous étions faits pour nous rencontrer.

— J'ai fait des recherches sur Internet, dit Tim :

mon cousin sir Thomas Wolfe a bien existé. C'était un écrivain américain très célèbre.

— Et tes parents ne le savent même pas? s'étonna Holly.

— Ma parole n'a aucun poids quand il s'agit de leurs affaires!

Je confiai:

— T'inquiète pas! Moi aussi, j'ai des parents sourds… en toile cirée!

Livia nous signala en agitant les bras qu'il était l'heure de rentrer déjeuner.

Il fut convenu qu'avant notre prochain rendez-vous nous aurions effectué des recherches plus poussées sur nos fameux cousins. Peut-être étaient-ils tous écrivains?

Je n'avais accès à Internet que sous la surveillance de l'un de mes parents. Pendant le repas, je sollici-tai un peu d'aide:

— Je dois trouver des informations sur Lois Famesworth. C'est étrange que vous n'ayez jamais cherché à savoir qui était cet homme. J'aurais reçu un tel héritage, je me serais renseigné, tout de même!

— Mais nous nous sommes renseignés, mon chéri!

— Et vous ne m'avez rien dit?

Mes parents n'avaient rien trouvé, ni sur Internet ni ailleurs. Même le notaire n'avait pas su leur expliquer le lien exact qui unissait Famesworth à ma mère. Pourtant le testament contenait bien le nom et la date de naissance de maman, incontestable destinataire de l'héritage. Lois Famesworth resterait un mystère! Même son adresse à Sydney ne menait nulle part. On venait de démolir son immeuble lorsqu'une amie australienne de Fanny Salbonet s'y rendit pour assister mes parents dans leur investigation.

Je me révoltai de ne pas avoir été tenu au courant de cette enquête parallèle.

— Ce n'est pas l'enquête qui est importante mais ses résultats… et, dans notre cas, les résultats sont nuls! Il était donc inutile de t'informer de quoi que ce soit.

Je restai muet, sidéré. Mes parents ne me racontaient pas tout! Encore une fois, la sensation d'exclusion et d'abandon me chatouilla le coin des yeux. Deux minuscules larmes tentèrent de s'en échapper mais je les retins en basculant ma tête vers l'arrière. À cet instant, une projection de compote pomme-banane s'écrasa sur mon front. Maman apprit à Justine qu'il ne fallait pas tenir sa cuillère de la main gauche, mais personne ne me tendit de serviette pour me nettoyer. Exaspéré par ce manque de considération, je quittai la table.

Même au paradis, on m'oubliait parfois.

8

Sous le grand cèdre de la cour, des enfants curieux tentaient souvent de se joindre aux réunions secrètes des Sousix. Pour avoir la paix, nous nous contentions de nous fixer des rendez vous après la classe.

Holly et Manon étaient en CM1, Tim et moi en CM2. Nos entrevues se limitaient aux récréations et à la chorale. C'est d'ailleurs entre les rondes, les blanches et les canons que j'avais fait la connaissance des deux filles, lorsque la professeur de chant nous avait présentés aux autres élèves comme les «quatre nouveaux de l'école».

Ce lundi, Holly ne parvint ni à retenir son enthousiasme ni à patienter jusqu'à notre rencontre de fin d'après-midi. Brandissant un livre, elle se précipita vers Tim :

— J'ai trouvé un bouquin de ton sir Thomas Wolfe à la bibliothèque anglaise, samedi ! s'exclama-t-elle, toute joyeuse.

Tim regarda le livre sous toutes ses coutures. Il le sentit même, comme si son parfum allait lui apporter des informations complémentaires. Nos réflexes animaux ressurgissent si facilement !

– Il a l'air intéressant ! Mais je ne comprends rien à l'anglais !

– J'ai fait ce que j'ai pu ! chuchota Holly, un peu déçue.

Au dos du livre était imprimée une petite photo de Wolfe : brun, la mâchoire carrée, la bouche fine, le regard gentil d'un enfant gentil.

– Il te ressemble vraiment, dit Manon.

– C'est vrai ! On voit bien que vous êtes de la même famille ! ajouta Holly. Je n'ai pas ta chance ! Mon cousin Marlowe Softish est un illustre inconnu ! Mon père ne se trouvera jamais de belles racines illustres ! Dommage !

– Ma mère non plus ! s'exclama Manon. Son cousin Sam-Eliot quelque chose n'est même pas sur Google !

– Ce n'est pas parce que tu n'apparais pas sur Google que tu n'existes pas ! Quel est le nom de famille de ce Sam-Eliot ? demandai-je. Je dois l'écrire dans notre carnet.

Manon plongea sa longue main pâle dans la

grande poche de sa parka verte. Elle en sortit une petite feuille rose pliée en quatre, d'où s'échappèrent des débris végétaux et du sable.

– Whorfs !

– On dirait un aboiement ! remarqua Tim.

Je recopiai toutes ces données exaltantes. Bien sûr, cette tentative de conversation en aparté fut interrompue par plusieurs enfants qui s'étaient agglutinés autour de Holly pour regarder le livre de l'aïeul de Tim.

Tim était assez fier d'avoir du sang d'écrivain. Cela faisait soudain de lui un être remarquable, un héros international qui captivait nos camarades. En plein milieu d'une leçon, Alba informa d'ailleurs la maîtresse du scoop du jour :

– Le cousin américain de Tim a écrit un roman ! Holly l'a emprunté à une bibliothèque !

La maîtresse observa le livre, le feuilleta, le palpa mais se retint, elle, de le renifler.

– Quel est ton lien de parenté avec cet homme ?

Tim confia qu'il s'agissait d'un arrière-cousin de son père et qu'il ne l'avait jamais rencontré.

– Tu aurais eu du mal, répondit notre institutrice, il est né en 1900 et mort en 1938 ! C'est écrit, là, sous la photo.

Comment avions-nous pu ignorer cette ligne? Trop heureux de notre découverte, nous avions refusé de regarder la vérité qui nous narguait, là, juste sous ce portrait jauni des années trente. Ce Wolfe ne pouvait plus être le cousin de Tim décédé un an auparavant dont son père venait de recevoir l'héritage. Nous étions de médiocres détectives, désenchantés, contrariés.

9

Pour oublier notre déception, Tim nous invita à goûter chez lui. Sa mère nous accueillit avec un fondant au chocolat bien plus chaleureux et moelleux qu'elle. Je félicitai poliment la cuisinière pour cet exploit culinaire, mais Tim me glissa dans l'oreille :

– Elle ne sait même pas casser un œuf ! C'est mon père qui fait les gâteaux !

Qu'il fut compliqué de bifurquer vers une autre piste que celle de l'écrivain ! Nous pensions avoir fait un grand pas en avant mais pataugions maintenant dans une flopée de coïncidences qui ne menaient à rien qu'à ce qu'elles semblaient être : de simples coïncidences.

Il nous fallut plusieurs parts de fondant au chocolat pour digérer notre incompétence, puis nous nous remîmes au travail. Je consignai d'autres informations inutiles dans mon beau carnet : des dates de naissance, des couleurs d'yeux, des goûts et des couleurs : les pères de Holly et de Tim aimaient tous les deux les sucettes au Coca et John Coltrane, un saxophoniste de jazz. Ma mère et celle de Manon collectionnaient les chouettes. Je notai également que nous avions tous passé nos vacances en Auvergne plusieurs fois dans notre vie. Tous ces éléments faisaient office de bouée de secours. Notre entreprise, bien que peu efficace, ne devait pas sombrer. Nous nous entendions si bien.

— Nous ferions mieux de laisser reposer la bouillie, proposa Manon. Avec le temps, tout se décantera et nous y verrons certainement plus clair.

— C'est une métaphore ! m'écriai-je alors fièrement.

— Je n'ai rien compris ! confia Holly en gonflant ses joues. De quoi parlez-vous ?

— De bouillie et d'amphores. Ça n'a aucun sens ! expliqua Tim.

Je pris un grand plaisir à donner la définition du mot métaphore à mes amis. Tim, vexé de ne pas avoir proposé de réponse convenable à Holly, fanfaronna à son tour :

— Eh bien moi, je sais ce qu'est une anagramme !

— Moi aussi ! répondit Holly

Pour réconforter Tim, j'avouai :

— Quant à moi, je ne sais toujours pas ce qu'est un squatter ! On ne peut pas tout savoir, n'est-ce pas ?

Tim me fit un clin d'œil et me glissa à l'oreille en étouffant son rire :

— Les petites pa-pattes, hein ?

Manon prit la parole :

— L'anagramme d'Angleterre c'est L'étrangère ! Et celui de tour de main, c'est dominateur ! Je vous en bouche un coin, non ? Mon grand frère Simon est un dingue d'anagrammes. Est-ce que vous avez remarqué qu'Évian est l'anagramme de Naïve et de Nivéa... trois sociétés qui se partagent les mêmes lettres !

Tim lança alors un concours d'anagrammes. Il proposa Limace-Malice. Ce qui n'était déjà pas si mal car nous fûmes bien incapables d'en trouver d'autres. Seule Manon poursuivait ses énumérations :

— Sirote-Orties, Rameur-Armure, Trace de pas
- Case départ.

— Waouhh ! Tu es impressionnante ! s'exclama Tim en fixant Blanche-Neige sans cligner des paupières, l'air nigaud et ravi.

Les anagrammes de Manon le transportaient soudain. Elle eut à peine le temps de rougir que déjà la *méprisenfants* venait interrompre notre discussion.

– Il est l'heure du bain et des devoirs. Allez, ouste, les amis, tout le monde rentre chez soi !

Je refermai mon carnet et raccompagnai galamment les filles chez elles.

10

En chemin, le vent humide ramenait de la forêt des senteurs de terre et de moisissures qui se mêlaient aux fumées des cheminées du voisinage. Manon aussi sentait bon : la barbe à papa. Depuis quelques jours, plus d'un enfant lui avait fourré le nez dans le cou tant sa nouvelle eau de toilette était appétissante et inhabituelle. Moi, je n'osais pas. Je ne voulais pas passer pour l'amoureux que je n'étais pas. Je me contentai de ses effluves sucrés et rêvais parfois de lui croquer le bras ou la joue. Holly, elle, plongeait sans retenue son visage dans la chevelure de Manon, inspirait à fond et remplissait son corps entier de l'odeur de sa copine. Entre filles, elles pouvaient se humer ainsi sans pudeur et sans que personne les soupçonne de s'aimer d'amour. Holly s'enivra donc encore une fois dans les cheveux de Manon et, brusquement, nous fit remarquer une lueur au premier étage de la maison abandonnée.

— Ce sont probablement des squatters! dis-je sans me démonter.

Je m'amusais à utiliser ce mot mystérieux même si je ne pouvais pas m'empêcher de visualiser mes petits rongeurs allumant des bougies. Les mots n'ont parfois que le sens qu'on leur donne.

La lueur m'effrayait malgré tout. Je frissonnais. Pour affronter la nuit, Holly et Manon me prirent chacune par un bras et se mirent à chanter. Encadré par deux jolies demoiselles, je finis par ne plus trembler.

Toutefois, lorsque je revins seul de la Grande Rue où j'avais déposé mes amies, la nuit était déjà plus sombre et la lueur plus lumineuse. L'air très froid. Ma peur, démesurée. Je me mis à courir, mais, derrière la barrière blanche de la maison abandonnée, une voix chevrotante me fit tressaillir.

— Petit!

Je poursuivis ma course, terrorisé, haletant, mais la voix me supplia:

— Ne t'en va pas. J'ai besoin d'aide! Au secours, petit!

Je revins sur mes pas, tout doucement, tout méfiant. Mon cœur essayait de s'échapper de ma cage thoracique. Je serrai les poings si fort que mes ongles perforaient mes paumes glacées. J'essayai de me faire silencieux mais le frottement des manches en acrylique de ma doudoune m'apparut encore plus embarrassant et sonore que le dépiautage d'un bonbon dans une salle de cinéma.

Un vieillard un peu bossu dont je distinguais à peine le visage me tendait la main entre deux barreaux de bois décrépis.

– Je ne me sens pas bien, petit. Il faut appeler le docteur !

– Mais vous n'habitez tout de même pas ici ? dis-je avec une voix aussi incertaine que celle du vieil homme.

Le papy respirait avec difficulté. Il murmura, entrecoupant ses mots de sifflements stridents :

– Non. Cette maison est pourtant la mienne, mais elle est bien trop grande pour moi. Depuis que ma femme est morte, j'habite la petite bicoque juste derrière, dans le parc.

Il s'agenouilla sur les graviers de l'allée tandis qu'il tentait d'introduire sa clé tremblante dans la grosse serrure rouillée. Seul le réverbère de la rue Théodore-Rousseau nous éclairait. Le portail s'entrouvrit mais l'homme s'affaissa lourdement devant. Je ne pouvais plus entrer pour le secourir. Il était peut-être mort. Ventre à terre, je filai chez moi, à une centaine de mètres de là.

Mon père se précipita en tee-shirt dans la rue glacée, j'avançai en éclaireur tandis que maman téléphonait aux pompiers.

La sirène du camion rouge retentit pour rien : l'homme avait disparu ! Papa, gêné d'avoir contacté les secours sans raison, me gronda sans chercher à savoir ce que l'homme était devenu. Les pompiers, eux, n'écoutèrent que moi et s'élancèrent vers la petite maison dont ils forcèrent l'huisserie car personne ne répondait à leurs coups de sonnette insistants. Mon père et moi les avions timidement suivis, à distance.

Curieux, je m'approchai de la porte béante sur laquelle une petite plaque dorée annonçait W. Soshimof.

Je m'attendais à trouver une cabane, un taudis avec un vieux poêle, des papiers peints fanés et un sol de ciment. Je découvris une pièce très coquette, luxueusement meublée. De lourds rideaux de velours fleuris et chatoyants, une épaisse moquette rouge, de beaux tableaux sur les murs en brique, une grande bibliothèque en bois sombre, tout portait à croire que ce vieil homme vivait ici une existence douillette et confortable. Mon père me prit par l'épaule et me tira vers l'arrière.

– N'entre pas! Tu as fait assez de bêtises ce soir!

Le plus jeune des pompiers s'adressa alors agréablement à papa. Une voix douce, pleine de musique, un drôle d'accent un peu martien, avec des «r» qui roulaient et des «i» à la place des «é».

– Votre fils n'a certainement rien inventi. On n'invente pas ce genre d'incident. Il a eu bien raison de nous appeli. Il n'y a personne ici, mais l'homme est peut-être dans le parc ou dans l'autre maison. Nous allons poursuivre nos recherches. Vous pouvi rentri chez vous. S'il y a quelqu'un à sauvi, soyez sans crainte, nous le sauverons!

Je ne voulais pas rentrir, mais papa ne me demanda pas mon avis:

– En route! Je meurs de froid! ordonna-t-il en frottant ses bras nus.

Mon père ne dit rien de plus. Jusqu'à la maison, je n'entendis que le silence mat de la nuit et de l'hiver précoce.

11

Juste devant notre porte, le pompier martien, essoufflé, ne tarda pas à nous rattraper :

– Tout est sous contrôle ! Nous avons retrouvi M. Soshimof dans la grande bâtisse. Il était évanoui. Nous le transportons à l'hôpital. Merci, jeune homme ! Tu lui as sans doute sauvi la vie ! conclut-il tandis que mon père claquait des dents et tapait ses pieds par terre pour se réchauffer.

D'un coup de sirène, le camion prévint l'extra-terrestre qu'il était prêt à démarrer.

Alors, papa se remit à parler. Il me félicita lui aussi. Mais je souffrais de passer ainsi de l'état de menteur à celui de héros. Les compliments de mon père n'avaient pas plus de sens que ses reproches. Comment pouvait-il me critiquer et me glorifier dans la même minute ? Blessé, énervé, je le traitai de girouette (en lui faisant évidemment remarquer la métaphore). J'ajoutai sèchement :

— Je croyais qu'ici, c'était le paradis! Je me suis trompé! En tout cas, tu n'es sûrement pas un ange!

J'ignore ce qui m'autorisait soudain à parler à mon père d'homme à homme. Jamais je n'avais osé lui répondre ainsi. Les remerciements du pompier avaient renforcé ma fierté. Je me sentais plus utile et efficace que mon père. J'avais gagné des lauriers de secouriste et des galons d'indépendance. J'avais sauvé un homme et je méritais du respect.

De retour chez nous, j'eus rapidement pitié du visage triste de papa. Il fallut le consoler d'avoir été si lamentable. Sans avaler une seule cuillère de son gratin dauphinois, les yeux dans le vague, il laissait maman soliloquer.

— C'est curieux, je ne savais pas que cette maison était habitée!

— Mais maman! La grande maison est vide. C'est dans la petite qu'habite le grand-père.

— La petite maison en brique? Comme c'est amusant! Son propriétaire est venu me voir, la semaine dernière. Il souhaitait rencontrer ses nouveaux voisins. Il est très gentil, ce vieux bonhomme… Il vient à Barbizon pour affaires. Ce doit être un marchand d'œuvres d'art. Mais alors, quel bavard et quel curieux! On voit bien qu'il s'ennuie. Il m'a posé tant de questions sur notre famille!

Mon père sortit de sa torpeur:

— Tu ne lui a rien répondu, j'espère!

Maman sourit:

— Tiens, le parano se réveille! Mais enfin, Anselme, que veux-tu qu'il fasse de mes informations! Nous ne sommes pas des gens intéressants, tu sais, ni pour les médias ni pour les Renseignements généraux. Tu nous accordes une trop grande valeur!

Mon père recevait une deuxième claque qui risquait de lui être fatale. Son pouvoir l'abandonnait ce soir. Il perdait sa place de papa et cela ne me rassurait pas. Je dis:

— Tu es quand même un bon gouvernail, tu sais.

— Encore une métaphore! s'exclama-t-il. Tu es devenu le roi de la métaphore, Léopold!

— Mé-ta-pho-re! réexpérimenta Justine, mais cette fois, personne n'y prêta attention.

Alors, nous provoquant de son regard espiègle, elle prit une poignée de coquillettes dans son assiette et se l'étala dans les cheveux. De toute évidence, maman préféra les métaphores à la pluie de pâtes.

Ce soir, j'étais totalement le héros.

12

Ce matin, une couche de brume dense s'étalait sur le goudron de la cour, effaçant totalement nos jambes et ne laissant apparaître que nos torses flottants à la surface du nuage plat. Dans ce décor fantasmagorique qui nous amusait tous, je m'empressai de raconter mon acte de bravoure de la veille.

– Il n'y avait donc pas de squatters... conclut Tim.

Holly connaissait le grand-père Soshimof. Il s'était invité à boire un café chez elle, quelques jours plus tôt, et s'offrait ainsi des tournées du village pour chasser sa solitude.

– Comment s'appelle-t-il? demanda Manon. Ce ne serait pas Walter que ma mère surnomme le «Papy bavard»?

– Peut-être. Sur sa porte, on peut lire W. Soshimof. Il vit seul depuis que sa femme est morte, précisai-je fièrement.

Comme je l'avais sauvé, la vie de cet homme m'appartenait un peu plus qu'aux autres. Je voulais me démarquer, en savoir plus que mes amis, être encore le héros.

L'histoire de Walter nous occupa l'esprit toute la journée. Nous avions mis de côté nos soucis australiens puisque rien n'avançait de ce côté-là. À quatre heures et demie, j'entraînai mes amis chez Soshimof. Sa porte, qui gardait les traces de l'effraction des pompiers, était fermée par une chaîne et un cadenas. Personne ne vint nous ouvrir.

Plus tard, chez moi, je m'étendis sur le canapé bordeaux du salon et savourai de délicieuses crêpes que maman venait de faire sauter dans une nouvelle poêle rutilante dont elle était très fière. (Les mères ont parfois d'étranges centres d'intérêt.) Ma sœur babillait à mes côtés en bavant et en me tirant les cheveux, mais j'étais heureux. Je réalisai le bonheur d'être entouré, aimé, attendu, le bonheur d'avoir une famille, le bonheur de ne pas être orphelin.

Quand, tout ému, je fis part de ma réflexion à maman, elle cita le romancier Jules Renard, qui avait écrit : « Tout le monde n'a pas la chance d'être orphelin ! »

— C'est débile!

Ma mère m'expliqua alors que, bien souvent, elle s'était inventé des parents «sur mesure» et que ce plaisir n'était offert qu'aux orphelins.

— Il fallait bien que tu te rassures!

— Je n'avais pas vu ça sous cet angle. Ça turbine, dans ta petite tête, ça turbine! On ne dirait pas que tu n'as que dix ans!

— C'est parce que tu ne te souviens plus de tes dix ans! Il n'y a pas d'âge pour faire turbiner sa tête!

13

Comme chaque dimanche matin, nous paressions tous les quatre, agglutinés sur le lit de mes parents. On aurait dit un radeau. Justine et moi regardions les dessins animés, papa ronflait doucement comme un gros chat heureux et maman continuait sa nuit, la tête enfouie sous un oreiller en dentelle bleu marine. La clochette de l'entrée la sortit brusquement de sa somnolence. Elle bondit hors du lit, le visage chiffonné et les yeux gonflés de rêves:

– Qui cela peut-il bien être un dimanche matin?

– Je parie que ce sont les éboueurs qui veulent nous vendre leur calendrier de 2006. Ils viennent de plus en plus tôt. L'année prochaine, ils nous le proposeront en septembre, tu verras! répondit papa qui émergeait lui aussi, grimaçant et frictionnant ses cheveux en bataille.

Maman enfila son kimono rouge avec un dragon brodé et descendit ouvrir la porte. Mon père se rendormit aussitôt. Comme la télé diffusait un épisode de *Charlotte aux fraises* qui passionnait Justine mais me laissait de glace, j'accompagnai maman, dans l'espoir de remonter avec un plateau petit déjeuner. Mon ventre gargouillait depuis déjà plus d'une heure.

M. Soshimof se tenait à la porte, un peu voûté, un peu faible. Le contour buriné de ses yeux bordait un regard clair et vif de vieux loup de mer.

— Je ne vous réveille pas, j'espère. Je venais remercier Léopold de m'avoir sauvé la vie.

Il me tendit un paquet cadeau avec un ruban argenté qui frisottait.

— C'est une sorte de livre. Tu aimes les livres?

— Et comment! répondit ma mère, Léopold a sans doute la plus grande bibliothèque de Barbizon. Mais vous n'auriez pas dû, c'est trop gentil.

— Tu aimes les livres? répéta Walter, ignorant la réponse de ma mère à qui il ne s'était pas adressé.

Je hochai la tête.

— Oui. Merci, monsieur.

L'homme nous dit son bonheur de nous avoir comme voisins.

— Vous savez, depuis que ma femme est morte,

je ne peux compter que sur moi et, parfois, ça ne suffit plus.

Je déchiquetai le papier cadeau et découvris *Le Grand Livre de ma famille,* une sorte d'arbre généalogique à compléter soi-même. Chaque page était consacrée à un membre de sa propre famille. Elle contenait une fiche de renseignements sur l'état civil de chacun et des cases pour coller des photos, faire des dessins ou écrire des anecdotes.

Walter nous annonça qu'il devait repartir à l'hôpital pour six jours d'explorations. Je crus un instant qu'il était explorateur. Je l'imaginai avec sa boussole, son couteau suisse et son appareil photo, parcourant les caves et les pièces secrètes de l'hôpital, mais ma mère m'apprit plus tard que Soshimof allait subir divers examens médicaux pour rechercher la cause de ses malaises.

Avant de s'éclipser, il dit :

— Je suis juste revenu chez moi pour prendre quelques affaires. Je n'ai plus personne qui puisse me les apporter, comprenez-vous ?

Maman lui promit de passer le voir à l'hôpital dans la semaine.

— Ça ne m'étonne pas que vous soyez une femme bien !

Elle referma la porte en soulevant les sourcils. Elle trouvait Walter étrange. Moi, je le trouvais gentil. Pour la première fois, j'avais reçu un cadeau en remerciement d'une bonne action. D'habitude, on ne m'offrait que des cadeaux d'anniversaire ou de Noël, des cadeaux pour lesquels je disais «Merci!» et non des cadeaux qui ME disaient «Merci!», ces derniers étant, d'ordinaire, réservés aux politesses d'adultes. Je sentis que je venais de mettre un pied chez les grands. Ce livre me transforma. Je devenais quelqu'un. Moi en mieux.

Je retournai m'avachir sur le radeau de mes parents. Mon père flottait encore, ma sœur suçait son doudou devant les publicités. Maman me suivit avec un grand plateau recouvert de brioches blondes, de beurre de cacahuète et de confitures. Elle regretta de ne pas avoir offert un café à Walter. Je contemplais mon livre en tournant les pages vierges sur lesquelles je devais écrire l'histoire de ma famille. Jamais des pages blanches ne m'avaient autant captivé. Je remplis la fiche d'état civil me concernant. En écrivant mon prénom, je m'exclamai tout à coup:

– Il m'a appelé Léopold! Comment Walter sait-il que je m'appelle Léopold?

— Et comment sais tu qu'il s'appelle Walter ? répondit maman.

— C'est Manon qui me l'a dit !

— M. Soshimof connaît Manon ?

— Walter connaît tout le monde à Barbizon. Il est seul, il s'ennuie, il s'invite chez les gens pour passer le temps.

— Eh bien, ce doit être Manon qui lui a dit que tu t'appelais Léopold !

Je me précipitai sur le téléphone : Manon n'avait jamais parlé à Walter et Mme Janvier ne se rappelait pas avoir mentionné mon nom dans ses conversations avec le vieil homme.

— C'est louche ! m'écriai-je en raccrochant.

Maman sourit. Comme d'habitude, elle ne me prenait pas trop au sérieux. Elle tournait les pages du *Grand Livre de ma famille* avec le regard un peu perdu d'une Sousix de première génération. On écrivit *Lamage François et Odile,* le nom de ses parents adoptifs, sur les pages «Mes grands-parents» et puis *Florent Lamage,* qui n'était pas vraiment son frère, et puis le nom de mes cousins, qui n'étaient pas non plus exactement mes cousins… Toute une famille que maman aimait très fort, fabriquée comme un décor de cinéma en plein désert, pour remplacer l'absence de sa famille biologique. «Biologique»: un adjectif bien médical, plein de formol, de microscopes et de blouses blanches, un adjectif dépourvu d'amour, puisque de l'amour, elle n'en avait jamais reçu de ces gens-là. Et pourtant, je sentais bien ce matin que ma mère aurait aimé ajouter des pages à son histoire. Mais elle ignorait tout de ses racines et, en plus, il n'y avait de place que pour deux aïeux maternels dans mon album. Trop de parents encombraient la tête de maman. Je demandai gentiment:

— Pourquoi n'as-tu jamais voulu connaître la dame qui t'a mise au monde?

— Parce que je ne veux pas faire de peine à Mamie et parce que cela me fait peur. Imagine que ma mère soit une horrible sorcière édentée avec un poireau poilu sur le bout du nez!

Elle essayait d'être drôle. Ses mots chantaient, sa voix voulait traduire sa gaieté, sa légèreté mais j'entendais le fond lourd de son âme triste.

— Quand Mamie sera morte, tu chercheras ton autre mère?

Maman pouffa dans son thé à la bergamote:

— Ah! Ah! Quand Mamie sera morte, mon autre mère sera sans doute morte, elle aussi! Tu veux une autre brioche, Léo-chouchou?

Elle disparut vers la salle de bains en fredonnant des notes qui n'allaient pas ensemble et mit ainsi fin à cette discussion qui, visiblement, la dérangeait très fort. En effet, Léo-chouchou était un sobriquet réservé aux conversations embarrassantes : «Comment on fait les bébés?» «Combien d'argent gagne papa?» «Pourquoi ma souris est morte... Et d'ailleurs, qu'est-ce qu'on en a fait?» «C'est quoi, avoir ses règles?» «Est-ce que les morts nous regardent du ciel?» La liste était longue. Fallait-il vraiment l'épaissir avec ces questions familiales que nous pouvions continuer à éviter pour le confort de maman? Elle était si gentille. Elle ne méritait pas que je la bouscule ainsi.

Le Grand Livre de ma famille allait donc comprendre plusieurs pages de Lamage-décor de cinéma et un vaste mystère concernant mes véritables ancêtres. Le mystère resterait caché là, entre les lignes, entre les pages, sur les coins tout blancs du papier, et je ne pourrais pas m'empêcher de fixer ces espaces vides, plus intenses et plus riches que n'importe quelle ligne écrite.

Ce livre devenait un grimoire magique d'où un feu d'artifice de rêves pouvait jaillir à chaque instant.

14

Le lendemain, dans la cour, nos jambes étaient réapparues, le brouillard s'accrochant désormais à la cime du vieux cèdre. Je m'empressai de raconter la visite de Walter aux Sousix, mais ils me coupaient tous la parole, impatients d'échanger, eux aussi, leurs impressions du week-end. Dans ce brouhaha, personne n'écoutait personne. Je hurlai :

– Walter m'a offert un livre généalogique ! Walter m'a offert un livre généalogique !

Mes amis stupéfaits se turent un instant.

– Moi aussi, Walter m'a offert un livre de généalogie ! C'est ce que je vous répète depuis tout à l'heure ! murmura Blanche-Neige de sa voix frêle.

Holly et Tim avaient évidemment reçu le même ouvrage. Je ne m'en étonnai pas. Je finissais juste par me demander si nous n'étions pas une seule et unique personne dispatchée dans quatre corps différents. Nous n'avions plus jamais affaire à de simples coïncidences !

Selon Holly, qui nous imposa immédiatement une réunion de travail chez elle, le cadeau du vieil homme n'était sans doute pas étranger à notre quête commune. Je voulais y croire, même si les sermons de mes parents sur les farces du hasard et du destin me rappelaient à l'ordre et à la raison. J'étais partagé entre la réalité des adultes et la mienne, teintée d'aventure et de fantaisie.

— Peut-être qu'on se fait un film… dis-je tout bas.

— Peut-être ! répondit Holly, mais on ne le saura pas si on en reste là.

La Joconde était si lucide, sérieuse et déterminée que j'en avais même, un instant, oublié notre déception au sujet de l'écrivain Wolfe. Et pourtant, la semaine dernière déjà, notre imagination et notre soif de merveilleux nous avaient conduits vers une impasse.

Pour la première fois, Holly nous reçut dans sa belle maison en pierre, avec une petite tour et un joli perron bordé de vasques fleuries. Des cyclamens pourpres et des géraniums lierre, précisa Manon, spécialiste des fleurs mais également des oiseaux, des papillons, des aurores boréales et des arcs-en-ciel. Nous découvrions peu à peu que notre amie connaissait le nom de tous les bijoux de la nature. C'était une sorte de joaillière de l'Univers, une encyclopédie du Beau dont nous enviions les connaissances.

La mère de Holly venait d'acquérir l'une des nombreuses galeries d'art de la Grande Rue. Ses affaires avaient démarré sur les chapeaux de roue avec l'arrivée, dès la première semaine, d'une dizaine de cars de Japonais. Le père de Holly, lui, travaillait à la maison, sur son ordinateur. Son métier nous parut sérieux et mystérieux.

— Il fait de la Bourse, dit seulement Holly.

— La bourse ou la vie? répondit Tim.

Mais personne ne rit.

Attablés dans la cuisine blanc et rose, j'ouvris mon cahier. Nous avions tous apporté notre *Grand Livre de ma famille*. Il s'agissait exactement du même ouvrage.

— Hum! Pas très original, le Papy! constata M. Bargery qui fit son apparition à nos côtés pour se servir un café.

— Plutôt bizarre, vous ne trouvez pas? demanda Tim.

Holly lui fit les gros yeux. Elle ne voulait pas que son père s'infiltre dans notre club.

Le père considéra nos livres en se brûlant les lèvres dans une minuscule tasse argentée.

— Il n'y a rien de bizarre à ne pas être original. Ce papy doit avoir un stock de ces bouquins chez lui. Cela dit, ils sont jolis et c'est une bonne idée… bien que la généalogie ne m'intéresse pas du tout. J'ai été adopté !

— Ah bon ? dit nonchalamment Manon en nous lançant un clin d'œil.

Holly apprécia que l'on se taise.

Dès que le père eut regagné son bureau, je proposai que l'on interroge Walter sur la raison de ses cadeaux identiques.

— Ça pourrait le vexer, dit Manon. Ce n'est pas très poli de se plaindre d'avoir reçu le même cadeau que son voisin.

— Nous n'avons pas le choix. Nous devons en savoir plus. Notre enquête stagne ! répondit Tim dont le vocabulaire compliqué m'épatait chaque jour.

— Ma mère va rendre visite à Walter à l'hôpital cette semaine. Je pourrais l'accompagner.

— On pourrait tous y aller ! proposa Holly.

Le mercredi suivant, maman se rendit pourtant seule à l'hôpital, avec une boîte de chocolats. L'accès aux enfants de moins de douze ans était interdit dans certains services. Les Sousix s'impatientaient de revoir Walter. Mes parents ne comprenaient pas mon intérêt soudain pour le papy.

Je ne cherchais plus à me justifier. J'avais hâte de pouvoir apporter, comme un trophée de chasse, mes résultats d'enquête à ces adultes bornés.

Maman rentra de l'hôpital avec la même boîte de chocolats emballée dans son sachet cadeau.

— Walter est au régime ? demandai-je.

— Non, Léo-chouchou. M. Soshimof est dans le coma. Il a fait une crise cardiaque alors que l'on mesurait sa résistance à l'effort en le faisant pédaler sur un vélo fixe ! Je n'ai pas pu le voir. Il est en réanimation !

— Eh oui ! C'est souvent comme ça ! Tu rentres à l'hôpital pour un cor au pied, tu ressors avec une hépatite mortelle ! Tant qu'on respire, il vaut mieux éviter les médecins et les hostos.

Étrangement, mon père ne s'apitoyait pas sur le sort de Walter. Il réagissait à la nouvelle comme à une information du journal télévisé. Pas de sentiments ! Sans doute était-ce qu'il n'avait jamais rencontré Soshimof en personne, car ce vieil homme au regard franc et à l'âme tendre ne laissait personne indifférent. C'était du concentré d'être humain.

15

Depuis quelques nuits, je ne dormais plus. Walter m'obsédait. Il m'effrayait même. Pourtant, le pauvre homme végétait toujours en réanimation. Ma mère prenait de ses nouvelles par téléphone. Afin d'en obtenir, elle se faisait passer pour un membre de la famille Soshimof.

Un jour, un infirmier lui demanda :

— Mais qui êtes vous exactement pour ce monsieur ? Nous pensions qu'il n'avait pas de famille.

Maman embarrassée bafouilla un instant et raccrocha, terrorisée. Elle, qui détestait mentir, était allée trop loin. Ensuite, elle n'osa plus se manifester à l'hôpital. Elle se sentait coupable d'avoir menti et coupable de s'être comportée comme une enfant en mettant ainsi fin à la conversation. Je la trouvais ridicule et regrettais que notre seul lien avec Walter ait été si sottement rompu. Les adultes me décevaient lorsqu'ils n'étaient pas capables d'être plus compétents et sérieux que des enfants. Ils devenaient inutiles et navrants.

Tim, Manon, Holly et moi, plus soudés que jamais, ne passions plus une journée sans nous retrouver chez l'un ou chez l'autre. Faute d'informations complémentaires concernant Walter, nous avions momentanément interrompu nos investigations. Le plaisir de nous réunir pour une partie de Cluedo ou un bon goûter nous réjouissait tout autant. J'aurais été aussi proche de mes amis sans toutes ces coïncidences qui nous liaient, mais le mystère de nos héritages apparaissait comme la deuxième barre de chocolat dans un pain au chocolat : pas nécessaire mais très appréciable.

Ce jour, nous nous étions installés pour regarder *Shreck 2* sur le canapé de Manon, à côté de trois de ses grands nains de frères : Simon, Gaston et Jason. Tous les enfants de la famille portaient des prénoms se terminant par «on». Il y avait aussi Yvon. Je plaignais Léon mais surtout Robinson que les autres appelaient Crusoé. Le plus amusant de la série était, sans aucun doute, Hilarion.

Simon, qui semblait s'ennuyer devant l'ogre vert, plongea son nez dans le cahier des Sousix que j'avais laissé traîner sur la table basse. Lorsque Manon réalisa le sans-gêne de son frère, il était trop tard. Simon avait déjà tout lu. Il s'exclama :

— Sam-Eliot Whorfs, sir Thomas Wolfe, Marlowe Softish, Lois Famesworth, Walter Soshimof… C'est un gag ou quoi !

— Et pourquoi ça ? hurla Manon en lui arrachant le cahier des mains.

— Ce sont des anagrammes ! Bande d'abrutis de détectives !

Manon pinça sa petite bouche rouge et serra le cahier contre elle, comme si elle protégeait son enfant. Elle respira bruyamment et toisa Simon qui était resté assis :

— Qu'est-ce que tu crois ? Que t'es le dieu des anagrammes ? On le savait depuis longtemps que tous ces noms étaient des anagrammes ! N'est-ce pas, les copains ? lança-t-elle en nous regardant droit dans les yeux pour nous inciter à la suivre dans son mensonge.

— Bien sûr, répondit Holly en clignant discrètement de l'œil.

— Ouaip ! assura Tim en mâchouillant une paille,

comme un vieux cow-boy. Il fixait la télévision pour éviter de laisser transparaître sa gêne.

Moi, je n'arrivais pas à raconter des bobards. J'étais fait ainsi. De plus, en tant que roi de la métaphore, je ne pouvais ignorer les talents d'un autre roi. J'admirais le grand Simon, sa perspicacité et sa vivacité d'esprit. Je savais que j'allais déplaire aux Sousix, mais je ne supportais pas l'idée qu'on ne rende pas à César ce qui était à César, car grâce à Simon notre enquête allait sans doute progresser. Je dis juste :

— Simon est très fort, il faut le reconnaître.

Le grand nain mit sa main sur mon avant-bras et, avec un demi-sourire de vainqueur au coin des lèvres, il répondit sobrement :

— Merci, vieux !

Les Sousix, malgré leur agacement, n'eurent guère le temps de me détester car je passai tout de suite à l'attaque avec mon nouveau plan. L'information de Simon me paraissait capitale. Je ne voulais pas perdre de temps.

Nos cousins australiens et Walter étaient-ils en fait une seule et même personne ? Nous devions entrer en contact avec Soshimof le plus rapidement possible.

16

Maman, honteuse et obstinée, refusait toujours de se manifester à l'hôpital. Pour nous y conduire, Holly soudoya donc son père avec son excellent relevé de notes. Elle méritait certainement une récompense. Bien sûr, il fallut raconter encore quelques mensonges et annoncer avec des yeux de Bambi angélique que nous souhaitions simplement offrir une boîte de chocolats à ce pauvre vieux monsieur qui vivait tout seul dans sa petite maison en brique. Les filles, expertes en la matière, n'eurent aucune difficulté à attendrir M. Bargery, qui s'exclama :

— Il en a de la chance, ce bonhomme, de vous connaître !

Simon s'était incrusté dans notre groupe. Il menaçait de tout répéter à nos parents si nous ne le laissions pas terminer l'enquête à nos côtés. M. Bargery nous conduisit dans son monospace. Comme il ne trouvait pas de place de parking à proximité, il nous attendit dans la voiture, sur le passage clouté, devant l'entrée principale, en recommandant à Simon de bien nous surveiller.

L'accès au service de réanimation était effectivement interdit aux jeunes enfants mais Walter venait d'être transféré au pavillon Mimosa qui, lui, était ouvert à tous. Malgré son joli nom, le pavillon Mimosa sentait le pipi. Ses couloirs étaient hantés par une colonie de vieillards ratatinés sur des chaises roulantes, avec des tubes d'oxygène dans le nez et des perfusions bringuebalantes. Dans les chambres malodorantes, dont les portes restaient ouvertes, les malades avaient tous l'air mort, le teint livide, des pansements, des bandelettes et la bouche entrouverte. J'avais la nausée et des frissons. Manon murmura en agrippant la main de Holly :

— C'est terrifiant ici. Il n'y a que des momies !

— Chambre 5 ! Nous y voilà ! annonça Simon qui semblait également bousculé mais nous devançait de quelques pas.

Walter avait, lui aussi, la bouche entrouverte et le teint livide. Il nous aperçut derrière ses yeux mi-clos et bredouilla d'une voix faible et cassée :

— Vous êtes venus !

Nous restions tous à quelques pas du lit, apeurés par cet homme étrange que nous connaissions si peu.

— Alors, monsieur Soshimof, on a de la visite, à ce que je vois! s'exclama une infirmière qui entrait en poussant un chariot d'hôtesse de l'air rempli de seringues et de flacons.

— Je vous présente mes petits-enfants! murmura Walter avant que nous ayons dit quoi que ce soit.

— Ah bon? Je croyais que vous n'aviez pas de famille! Vous me racontez encore des craques, monsieur Soshimof! s'exclama en souriant la blouse blanche qui avait pris l'habitude de parler très fort, à force de ne s'adresser qu'à des papys sourds.

— Nous sommes ses voisins! dit Simon de sa grosse voix d'adulte.

— Non, non! Ce sont mes petits-enfants! répliqua immédiatement Walter en secouant sa tête.

— Ne vous agitez pas comme ça, monsieur Soshimof. Le cœur ne va pas tenir, autrement!

— Mais ce que je dis est VRAI! s'énerva Walter qui essayait de s'asseoir et dont le corps faible et maigre remuait à peine.

— D'accord, d'accord, je vous crois! Je vous crois! cria l'infirmière, mais de grâce, restez tranquille!

Puis elle s'adressa tout bas à Simon:

– Il n'a plus toute sa tête.

– J'ai tout entendu! balbutia très doucement Walter dont la parole semblait anesthésiée. Je sais ce que je dis et je ne perds pas la boule!

Puis il essaya de mettre un pied à terre et s'écroula à nouveau, comme il l'avait fait devant chez lui, le jour où je l'avais sauvé. L'infirmière appela un grand bonhomme costaud qui replaça Soshimof dans son lit. Comme un thon que l'on aurait balancé sur le pont d'un chalutier, Walter ne semblait pas dans son élément. Il manquait d'air et devenait tout gris. L'infirmière prépara une piqûre et nous pria de sortir. Walter eut juste le temps de nous dire:

– Je vous ai tous retrouvés! Je vous ai tous réunis! C'est merveilleux!

Le grand baraqué nous poussa vers le couloir des morts vivants et nous conseilla de revenir le lendemain.

– Il va mourir? demanda Manon.

– Comme tout le monde! répondit l'homme en souriant.

Pendant notre retour, M. Bargery s'inquiéta de la santé du vieil homme. Il ne s'intéressait pas à Walter mais voulait partager notre aventure.

— Il va mourir! répondit Manon.

— Comme tout le monde! ajouta à son tour Tim que M. Bargery trouva très amusant.

Encore une fois, personne ne rendit à César ce qui lui appartenait et cela m'agaça un peu plus.

Nous attendions avec impatience de nous retrouver sans adultes pour faire le point. Simon avait, malgré nous, pris la direction du groupe et nous convia chez lui. Dans la voiture, je me réjouis à haute voix de clôturer enfin le dossier des Sousix. Simon me matraqua de ses yeux noirs et sérieux, Tim me frappa le dos et les deux filles me firent un signe désapprobateur. M. Bargery ne devait rien savoir! Il fallait se plier à la loi du clan. Celle du silence. On avait oublié que j'étais le créateur du groupe et cette omission me blessait une partie de l'âme. L'autre partie jubilait de voir notre énigme se résoudre enfin.

17

Simon nous reçut dans sa chambre, encombrée de jeux vidéo, de CD et de maquettes de trains dont il était passionné.

Il trouvait Walter très inventif et amusant.

– J'aimerais bien que ce bonhomme soit vraiment mon cousin australien ou mon grand-père... C'est sans doute de lui que je tiens mon gène anagrammique !

– C'est quand même improbable ! tempéra Tim.

– Moi, j'ai le gène métaphorique...

– N'importe quoi ! Vous manquez de sérieux, les gars ! interrompit la Joconde.

Elle feuilleta rapidement notre cahier et pointa son doigt sur l'une de mes nombreuses lignes surlignées au Stabilo vert fluo.

– Tu as raison d'avoir relevé TOUS ces passages, dit-elle, l'air moqueur. Mais à part cette histoire d'anagrammes, je ne vois pas de rapport avec Walter Soshimof.

Malgré les avertissements de Holly, nos hypothèses fusèrent. En moins d'une heure, nous avions échafaudé l'histoire de Walter Soshimof sans que le principal intéressé nous ait livré d'informations complémentaires.

Walter était sans doute notre grand-père. Sam-Eliot Whorfs, sir Thomas Wolfe, Marlowe Softish, Lois Famesworth étaient sans doute aussi notre grand-père. Nous devenions donc cousins germains. Comme des boutures, nos parents prenaient soudain de nouvelles racines. Cette famille inédite nous réjouit. Manon apprit la nouvelle aux six autres nains qui s'empressèrent de la rapporter à leur mère. Mme Janvier se planta devant nous en levant les yeux au ciel:

– Qu'est-ce que vous êtes allés inventer là? Vous faites porter un drôle de chapeau à ce pauvre M. Soshimof! Que faites-vous du hasard et des coïncidences? Il se pourrait que ces quatre anagrammes correspondent en fait à quatre personnes bien différentes. Il se pourrait aussi que votre «soi-disant grand-père» se soit inventé une famille pour rompre sa solitude.

Devant nos visages de mérous statufiés, la mère de Blanche-Neige mit court à son monologue. Dès qu'elle quitta la pièce, je constatai :

— Tsss ! Tous les parents sont les mêmes !

Mais la tête de Mme Janvier réapparut dans l'embrasure de la porte :

— Et tous les enfants aussi sont les mêmes ! Votre imagination n'a pas de limites… Mais ça n'a qu'un temps… Ça ne dure pas… Vous verrez !

18

Le lendemain, mes parents réagirent différemment lorsque je leur fis part de notre découverte au sujet des anagrammes. Pour vérifier mes dires, ils écrivirent les cinq noms et barrèrent une à une chaque lettre commune. Quand toutes les lettres furent raturées, ils commencèrent à me croire. Finalement tous les parents n'étaient pas semblables.

Maman oublia qu'elle ne voulait plus se rendre à l'hôpital. Après tout, elle n'avait pas menti puisqu'elle faisait, sans doute, réellement partie de la famille Soshimof.

Excitée comme une petite fille à l'idée d'aller rendre visite à son nouveau père, elle courut se changer pour enfiler son ensemble très élégant. Celui qu'elle avait mis pour le mariage où elle avait retrouvé Fanny Salbonet. Celui des jours importants et des retrouvailles. Celui qui lui portait chance.

— Ça ne fait pas *too much* ? demanda-t-elle à papa en tournoyant devant lui.

— Tu pourrais t'habiller avec un sac poubelle, tu serais quand même jolie ! Mais ton père, s'il est vraiment ton père, n'en a certainement rien à faire de ta tenue.

— Parce que tu en doutes ? Tu penses encore que le vieux Walter n'est qu'un simple voisin ? Eh bien, je te remercie de m'encourager ainsi ! Vraiment, tu n'es d'aucun support moral !

Maman était montée sur ses grands chevaux, papa ne savait plus comment calmer cette cavalcade, nous quittions à nouveau le paradis. Le bonheur complet ne pouvait être qu'éphémère mais je regrettais d'y avoir mis fin si rapidement.

Pour calmer maman et lui prouver qu'il croyait aux miracles, papa décida de nous accompagner au pavillon Mimosa. Tim et son père nous y rejoignirent. M. Pouliquen, un petit homme, un peu chauve, un peu gros, dévisagea longtemps ma mère. Nous nous regardions tous différemment. Étions-nous vraiment de la même famille ?

Maman hésita un instant et tendit sa joue à son presque frère. Tim et moi avancions fièrement, comme des poissons pilotes, dans le couloir sordide du pavillon Mimosa. Cette fois, les momies, l'odeur de pipi et le défilé de chaises roulantes et de brancards ne nous perturbèrent pas un instant. La joie et la fierté d'avoir reconstitué une famille effaçaient nos craintes et nos dégoûts.

– Chambre 5! C'est ici! m'écriai-je.

Étrangement, je trouvai la porte fermée. Ma mère tapa trois petits coups et une voix féminine nous pria d'entrer.

Une femme de ménage. Elle passait la serpillière sur le sol et déplaçait un seau plein d'eau sale tout en nous parlant :

– M. Soshimof? On l'a conduit en réa ce matin... Le cœur! Encore le cœur!

Maman et M. Pouliquen se précipitèrent vers le service de réanimation. Mon père et Tim patientèrent nerveusement avec moi dans le hall de l'hôpital. Nous nous inquiétions tout à coup de Walter comme d'un membre de la famille... et pourtant papa doutait encore.

– Ça me paraît dingue, votre histoire. Je suis venu pour faire plaisir à ta mère mais je n'y crois pas vraiment.

Ma mère et mon presque oncle revinrent quelques minutes plus tard, le visage affligé.

– M. Soshimof est… parti, dit-elle d'une voix tremblotante.

– Dans une maison de repos ? demandai-je gaiement.

– Dans une maison de grand repos ! répondit M. Pouliquen.

– C'est la vie ! s'exclama mon père qui ne voulait pas voir maman pleurer.

En fait c'était la mort, encore.

J'avais bien senti le paradis disparaître.

19

Après l'enterrement, pendant des semaines, maman pleura, ressassant qu'elle n'avait pas été à la hauteur. Pendant des semaines, mon père lui répondit qu'elle ne pouvait pas grandir sur commande et que sa hauteur était ce qu'elle était, et que, de plus, il était idiot de regretter un inconnu.

Comme je me laissais entraîner par la tristesse de ma mère et sanglotais parfois à ses côtés, papa nous prouva que la mort était nécessaire à la vie et qu'il fallait se dépatouiller avec cette idée compliquée. Si personne ne mourait, personne ne pourrait naître car la terre serait surpeuplée. Mon père appelait ça l'«équilibre obligatoire» et, pour une fois, ce n'était pas une métaphore. Je sanglotai encore plus fort à l'idée d'avoir ainsi, en naissant, pris la place de quelqu'un comme un bernard-l'ermite.

Un dimanche, nous avions invité les quatre familles à célébrer les retrouvailles des frères et sœurs mais les parents de Holly et de Manon refusaient, comme papa, de croire complètement à notre histoire car la grande bâtisse de la rue Théodore-Rousseau restait désormais à l'abandon. Soshimof n'avait sans doute pas de véritables héritiers. Pourtant les enfants de Walter avaient tous la même couleur d'yeux gris-vert, un tout petit nez et de grands doigts fins et noueux.

Maman s'était juré qu'elle apporterait des preuves écrites et qu'elle remuerait ciel, terre, maternités et mairies pour retrouver des traces écrites de nos liens de parenté.

Pour aider ma mère, les Sousix avaient fait une expédition illégale dans la belle maison des Soshimof. Rien n'avait bougé depuis la mort de notre grand-mère. Même son tricot était posé, là, sur une petite table aux pieds biscornus. Sa bouteille d'eau de Cologne prenait aussi la poussière sur l'étagère en marbre de la salle de bains. *Bois de rose* de chez Merlin le Parfumeur. «Presque Merlin l'Enchanteur», remarqua Holly. J'ouvris le flacon. Ses effluves m'évoquèrent une femme chaleureuse et douce mais aussi les câlins qu'elle aurait pu me faire. Chaque

Sousix pencha son nez au dessus du flacon et respira très fort pour se fabriquer des souvenirs.

Tim et moi restions fascinés par un jeu d'échecs en bois sculpté dont chaque pièce avait un visage d'animal. La pénombre imposée par les volets clos ajoutait du mystère à chaque objet. Holly dessinait dans notre cahier le plan de la maison tandis que Manon fouillait les tiroirs et tous les recoins à la recherche d'indices. Elle finit par découvrir un coussin sur lequel était brodé quatre cœurs et le mot «Enfants». Elle en déduisit qu'il s'agissait forcément de nos parents.

Tout à coup, un grand bruit dans le jardin, peut-être un chat, peut-être rien, nous fit détaler rapidement. En partant, je dérobai la photo du mariage de mes grands-parents. Ma grand-mère s'appelait Perrine. C'était écrit derrière le cadre. Elle ressemblait beaucoup à maman et au père de Holly. Pourtant, ce dernier déclara que l'on pouvait toujours se trouver des points communs avec n'importe quelle photo.

— Nous avons tous un nez, une bouche, deux yeux… dit-il.

— Mais nous n'avons pas tous le cerveau buté ! s'exclama Holly, furieuse. Pourquoi refuses-tu d'avoir de vrais parents, de vrais frères et sœurs ?

– Mais j'ai déjà une vraie famille. Une famille maltaise !

– C'est dingue, s'exclama Holly, on te propose un quitte ou double dans lequel tu ne risques rien et tu abandonnes la partie ! Double ! Papa, double ! Si tu quittes, tu tires un trait sur une grande partie de toi !

M. Bargery avala bruyamment sa salive et essuya une larme de sa main indolente. Il s'approcha de maman et la serra dans ses bras. Mon père mit quelques secondes à comprendre qu'il s'agissait d'un geste fraternel. Papa ne s'habituait pas à cet afflux de belle-famille. Sans vraiment y croire, il présentait tout le monde à Justine en disant : «Ton tonton, ta tata, ton cousin, ta cousine...» et Justine répétait : «Tontonton, tatata, tontousin, tatousine» sous l'œil amusé de la plupart des convives. Pourtant, malgré ces effusions et la joie provoquée par ces retrouvailles, la mère de Manon se tenait à distance, le visage crispé. La *méprisenfants,* quant à elle, n'avait ouvert sa bouche que pour avaler des petits fours et l'on sentait qu'elle ne dispenserait pas son mari de ses remarques en privé. Elle devait être également une *méprisadultes.* L'un n'allait sans doute pas sans l'autre.

Maman, l'air solennel, demanda un peu d'attention à l'assemblée en tapant le bord de son verre en cristal.

– J'ai reçu il y a plusieurs jours une lettre de Walter Soshimof. Elle a été postée juste avant sa mort. J'ai attendu notre réunion pour que nous la découvrions tous ensemble.

Mes très chers enfants,

J'aurais dû donner signe de vie bien plus tôt mais il est difficile de reconnaître que l'on a fait des erreurs. J'ai mis trop longtemps à me décider à vous avouer la vérité.

J'avais promis à votre mère que je vous réunirais un jour. C'est chose faite. Je peux la rejoindre maintenant.

Lorsque vous êtes venus au monde, Perrine et moi étions très jeunes et pas encore mariés. J'étais pauvre. Je n'avais pas encore fait fortune avec mes usines à l'étranger. Perrine a pensé qu'il valait mieux vous confier à l'Assistance publique, car nous n'avions pas un sou pour vous élever. Je n'ai pas eu la chance de vous voir naître, mais, grâce à Dieu et à ma persévérance, je vous ai vus vivre un instant. Ce fut un pur bonheur. J'espère que vous ne m'en voudrez pas.

Perrine et moi avions cru bien faire mais nous nous sommes trompés. Vous avez toujours été dans nos cœurs.

Walter Soshimof.

— Dans nos cœurs! s'écria Manon. J'avais raison pour le coussin!

Personne ne réagit. L'émotion nous paralysait tous.

Pendant ce temps, les sept nains jouaient au foot dans notre jardin, à l'exception du grand Simon qui s'enorgueillissait d'avoir trouvé la clef de l'énigme et tirait ainsi la couverture des louanges à lui. Cela m'était bien égal. J'avais gagné des amis fabuleux, une troisième famille et la certitude que mes idées avaient parfois une plus grande valeur que celle qu'on leur accordait.

Avec les hérissons écrasés, la jalousie, les cyclones et le doute, le monde ne pourrait jamais être parfait. Le vrai paradis n'existait pas sur terre et c'était tant mieux. Qu'aurions-nous pu espérer autrement?

Ici, c'était juste la vie, le paradis d'en bas.